Les Zéros du Viêt-nan

Les Éditions Pierre Tisseyre remercient le Conseil des Arts du Canada du soutien accordé à son programme d'édition dans le cadre du programme des subventions globales aux éditeurs, ainsi que la SODEC et le ministère du Patrimoine du Canada.

http://ed.tisseyre.qc.ca
Courriel: info@éd.tisseyre.qc.ca

Dépôt légal: 2ᵉ trimestre 1997
Bibliothèque nationale du Canada
Bibliothèque nationale du Québec

Données de catalogage avant publication (Canada)

Foster, Simon

Les Zéros du Viêt-nan

(Collection Conquêtes; 64)
Pour les jeunes.

ISBN 2-89051-642-3

I. Titre. II. Collection.

PS8561.O778Z47 1997   jC843' .54 C96-941546-2
PS9561.O778Z47 1997
PZ23.F67Ze   1997

Illustration de la couverture:
Brigitte Fortin

SIMON FOSTER

Les Zéros du Viêt-nan

roman

ÉDITIONS PIERRE TISSEYRE
5757, rue Cypihot — Saint-Laurent (Québec) H4S 1R3

Quelques mots sur le Viêt-nan[*]

Nous sommes en 1975 après Jésus-Christ, et le Viêt-nan, à ne pas confondre avec le Vietnam, est un petit pays à tendance démocratique qui résiste encore et toujours à l'envahisseur. En effet, cette ancienne province vietnamienne s'est séparée de sa mère patrie à la fin de la guerre entre les Vietnam du Nord et du Sud, et, depuis,

---

[*] «NAN» dans Viêt-nan signifie, selon ceux qui ont fait la séparation, Nation Anti-Nullité.

elle lutte contre les méchants communistes. La cause exacte de la séparation est plutôt mal connue, mais on sait qu'elle gît dans l'art culinaire. En effet, les Vietnamiens dégustent leur riz avec du poisson, tandis que les Vietnaniens, eux, le mangent avec des baguettes. Bref, les deux peuples sont irréconciliables.

La capitale, Tiengtoé Beingg, se situe sur la côte de la mer de Chine méridionale et est entourée par des camps retranchés de garnisons vietnamiennes. Pour se protéger contre ses adversaires, contrairement à un petit village bien connu, le Viêt-nan ne possède pas de potion magique, cependant il est soutenu par deux super-zéros.

Le vietnanien a été préféré au vietnamien comme langue officielle, car dans ce vieux dialecte, autrefois parlé dans cette province, le mot liberté se dit «liberting» au lieu de «détentiong».

Mitsung, ma fidèle jument... toi dont le nom signifie «celle qui veille». Il y a déjà quelque temps que tu n'es plus, mais je crois quand même que tu continues à veiller sur Ming Reye, les enfants et moi.

Tu sais, pendant toutes ces années où j'ai accompli des missions avec Yohan, tu étais toujours présente en moi. Quelques rares fois, j'ai pensé que, peut-être, on ne se reverrait plus, mais, dans ces moments-là, je reprenais mon courage à deux mains, et avec Yohan, Ming Reye et Claudia, nous triomphions. De ton côté, par contre, tu n'as jamais laissé voir que je ne m'occupais pas assez de toi.

Laisse-moi te raconter mes souvenirs, nos souvenirs. Et ce, sur un ton plus joyeux que celui-ci. Là-haut, si tu vois Yohan, dis-lui de bien écouter; il va se rappeler et il va rire.

Voici mes mémoires: **LES ZÉROS DU VIÊT-NAN...**

○

On part à ZÉROS

Le Viêt-nan... ce beau pays qui a été si ravagé par la guerre. Mais, maintenant, le calme y règne et, tout ça, grâce à Yohan et à moi qui nous y sommes battus jour et nuit pour la paix.

Toute l'histoire débuta en 1975 quand nous avons été appelés par l'armée américaine. Nos candidatures au poste de superzéros ayant été soumises puis acceptées à l'unanimité, nous fûmes dépêchés aussitôt sur les lieux. Arrivés là-bas, nous eûmes l'honneur d'être affectés à un commando spécial, dont nous étions les deux seuls membres, chargé de délivrer des prisonniers américains quelque part au Vietnam.

Nous ne savions pas réellement ce qui nous attendait. Prévoyants, nous préparâmes ce dont nous aurions probablement besoin, sans oublier mon ourson en peluche. Puis nous pénétrâmes dans la forêt dense et sombre. Quelques longues heures de marche plus tard, nous étions épuisés. Nous nous couchâmes donc dans un abri improvisé en bambou. En s'allongeant, au beau milieu des serpents, des «coquerelles» et d'une multitude d'autres «bébites», Yo me dit:

— Hé! Simon! Est-ce que tu as apporté la bouteille de Région Sauvage?

— Oh non! lui répondis-je. Je savais que j'avais oublié quelque chose.

Après dix harassantes et interminables journées de marche, nous aboutîmes finalement au sommet d'une montagne.

— Ciel! que la vue est belle! m'exclamai-je.

— Regarde, là-bas, de l'autre côté de la rivière, c'est le camp où se trouvent les prisonniers que l'on doit délivrer.

Alors, nous dépliâmes nos deltaplanes de poche et sautâmes dans le viiiiiiiiiiiiiiiiiide.

Yohan, lui, réussit à atterrir sans encombre, mais ce ne fut pas mon cas: je restai pendu par les pieds à la cime d'un arbre. Mon compère ne fit ni une ni deux et sortit sa scie à chaîne portative dans le but de régler le compte de celui qui avait la situation en main: l'arbre. Mais, comble de malchance, lorsqu'il s'apprêta à couper le tronc, sa scie ne fit entendre qu'un minable «teuf-teuf» avant de sombrer, tel un alcoolique, dans le désespoir de la panne sèche. Étant donné que le Irving le plus près se situait à plus de douze mille kilomètres et que, même à la course, Yohan n'y arriverait pas avant la fermeture, il se résigna à ronger l'arbre. Moi, je me rongeais plutôt les sangs. Il se mit rapidement au «bouleau» et, quelque deux heures plus tard, on entendit un énorme craquement, suivi d'un cri de mort (ça, c'était moi!), et je me retrouvai, par une chance inexplicable, sain et sauf sur le plancher des vaches. J'éprouvai par contre un léger mal de tête lorsque l'arbre me tomba dessus.

Le bruit que tout cela causa alerta le village voisin. Alors que Yo tentait l'impossible pour me sortir de mon état comateux, nous fûmes capturés par une bande de cannibales affamés. Du moins, c'est ce que mon compère m'apprit lorsque je me réveillai. Nous étions alors tous les deux attachés à un poteau au centre d'une tribu qui, avant de nous dévorer, accomplissait un rituel s'apparentant étrangement à une danse en ligne. Soudain, je me sentis au bord de l'éternuement. Après un long moment à me retenir, j'expulsai un puissant «Atchoum!» En un rien de temps, tous nos adversaires furent mis hors de combat et, du même coup, nos liens se dénouèrent. Bien que nous n'en ayons point douté, nous retrouvâmes à nouveau notre liberté.

D'instinct, je sifflai pour appeler ma fidèle jument, mais celle-ci, restée sur l'autre continent, ne m'entendit pas. Par contre, mon compère se pointa avec deux girafes empruntées au zoo du village. Nous partîmes ainsi, chevauchant nos montures à long cou, vers cette destination inconnue qu'était le camp de Hon Lay Détieng. Après une galopade effrénée, nous nous arrêtâmes à une halte routière pour admirer le paysage et, par la même occasion, pour soulager nos besoins. Nous reprîmes le chemin qui nous menait aux installations où étaient gardés les détenus. Rendus sur le bord des rapides qui nous séparaient du camp, nous nous demandâmes comment nous allions les traverser. Yohan, qui cherchait désespérément une solution, se buta à un morceau de métal qui sortait du sol. Nous déterrâmes l'objet sans attendre, pour finalement nous rendre compte que c'était un sous-marin. Nous le mîmes à l'eau et embarquâmes à son bord. Nous commençâmes à nous submerger, mais, malencontreusement, j'avais oublié de fermer l'écoutille et... nous sombrâmes. Après cette tentative plutôt infructueuse, nous nous résolûmes à traverser à la nage.

Sur l'autre rive, attendant la tombée de la nuit, Yohan et moi élaborâmes notre plan d'attaque tout en nous restaurant de quelques vers de terre crus; ça manque de sel, mais c'est bon. À la tombée de la nuit, nous nous introduisîmes dans le camp, chacun de notre côté: Yohan à la recherche des prisonniers et moi, de la radio. Mon compère finit par trouver les détenus, coffrés derrière des barreaux de fer. Il prit donc sa montre à laquelle était intégré un rayon laser et sectionna les tiges de métal en une fraction de seconde. Moi, pendant ce temps, je dénichai la radio et appelai l'armée américaine. Celle-ci apparut quelques heures plus tard à dos d'hippopotame (encore une gracieuseté du zoo) et nous ramena, ainsi que les ex-prisonniers, en Amérique où nous fûmes accueillis en parfaits inconnus.

Seul un dénommé Stallone vint nous voir. Nous lui racontâmes nos péripéties. Il en prit bien note et en fit quelque chose... un film, je crois.

À SUIVRE...

Mitsung, ma fidèle jument... après cette aventure, quand je suis retourné à Ragueneau, je n'ai pas eu beaucoup de temps pour m'occuper de toi. Yohan et moi étions encore dans l'esprit de notre mission lorsque nous avons de nouveau été réquisitionnés pour le Viêt-nan.

Je t'ai placée dans une écurie qui avait toute ma confiance. Je savais que tu y serais bien nourrie et bien traitée. Car, à ce moment-là, je n'avais aucune idée de la durée de mon voyage.

Ainsi, moins de deux semaines après mon retour, je repartis avec Yohan pour une autre mission des **ZÉROS DU VIÊT-NAN...**

◯

Après notre retour remarqué où nous étions passés inaperçus, Yohan et moi avons pris quelques journées de vacances bien méritées. Mais, comme il y avait encore des problèmes dans le monde, que la société exigeait un sauveur et, surtout, que Superman était en congé, nous repartîmes au front.

Aussitôt rappelés par l'armée américaine, nous embarquâmes, pour la deuxième fois, dans un avion en direction du Viêt-nan. Dès notre arrivée, nous reprîmes le commandement de l'unité spéciale dont nous étions toujours les deux seuls membres. Notre mission, cette fois-ci, consistait à mener à bon port un chargement d'armes. Jusque-là, ça paraissait bien facile, mais nous ne savions pas encore où nous devions prendre possession de la marchandise. En réintégrant le commando, je reçus une missive précisant un peu plus les détails de notre expédition:

Washington, le 6 juillet 1975

Messieurs,

En tant que responsable de l'armée américaine au Viêt-nan, je vous confie la mission suivante:

Allez ramasser le chargement d'armes à Athash Tatuck, en Iran, et transportez-le jusqu'à Tiengtoé Beingg au Viêt-nan. Vous devez prendre tous les moyens possibles pour que les armes arrivent à destination avant le 20 juillet, date où nous tenterons de mettre un terme à cette guerre inutilement meurtrière. Aucune disposition n'a été prise pour votre sécurité; vous devrez donc vous débrouiller seuls. Par ailleurs, un montant d'argent vous sera remis ce soir vers les vingt heures.

BONNE CHANCE... VOUS EN AUREZ BESOIN.

John Efkay,
responsable de
l'armée américaine
au Viêt-nan

P.-S.: Cette lettre s'autodétruira une minute après l'ouverture.

Yohan me dit alors:

— Ça s'annonce plus...

«BOUM!» La lettre explosa.

— ... ardu que nous ne l'avions prévu.

— Nous réussirons quand même à mener le chargement à destination, lui assurai-je.

Jamais nous n'avions douté de nous-mêmes, mais il fallait avouer que ça ne serait pas facile. Nous nous rendîmes précipitamment à Athash Tatuck, étant donné le court délai qui nous était alloué. Mon compagnon et moi prîmes les armes qui étaient dissimulées dans un entrepôt désaffecté du sud de la ville. Yo me demanda comment les transporter au port. Je lui lançai qu'il suffisait tout simplement de creuser un tunnel sous la ville jusqu'au port, à trois kilomètres de là. Nous commençâmes donc, pelles et pioches en mains, à creuser. Toute la nuit, nous forçâmes à grosses gouttes de sueur pour amener clandestinement les armes jusqu'au bateau que j'avais préalablement loué la veille.

À bord du bâtiment, les armes au fond de la cale, nous rendre au Viêt-nan devait être une affaire de rien. Du moins, c'est ce que nous croyions, mais, vers la moitié du voyage, les ennuis commencèrent.

En fait, après six jours de mer, nous rencontrâmes des pirates. Bien sûr, nous les battîmes à plate couture, mais ils avaient, néanmoins, réussi à endommager notre embarcation. Nous fûmes obligés d'accoster dans une baie de la côte la plus rapprochée de l'Inde. Mon compère et moi eûmes à peine le temps de réparer les dégâts qu'un avion se mit à nous mitrailler. Sans attendre, Yohan lança le couteau qu'il gardait toujours caché dans sa botte, ce qui coupa l'aile droite de l'avion. Celui-ci s'écrasa dans une plaine, non loin du rivage.

Pendant que Yohan vérifiait si notre bateau avait subi d'autres dommages, j'allai voir ce qui restait de l'appareil pour connaître l'identité de notre agresseur. Je conclus, grâce à l'immatriculation toujours visible sur la carlingue, que nous avions subi une attaque de l'armée vietnamienne. Malheureusement, les passagers avaient pris la fuite. Je retournai donc au bateau afin d'informer Yohan de notre situation:

— Nous ne pouvons pas reprendre la mer, nous serons signalés d'ici peu.

— Tu sais que j'apporte toujours ma montgolfière autogonflable quand je pars en voyage, répondit Yo.

— C'est vrai, dépêchons-nous.

Le ballon étant prêt à s'envoler, mon compère et moi embarquâmes les armes, ainsi que nous-mêmes, dans la nacelle.

Quelques jours plus tard, nous nous apprêtions à survoler le Viêt-nan quand, tout à coup, une mouette perça le ballon. Nous réussîmes *in extremis* à atterrir dans un champ. La cultivatrice, propriétaire de la ferme, vint à notre rencontre. Elle s'appelait Ming Reye, ce qui signifie, en français, «œil de chat». En voyant son ravissant visage, Yohan tomba dans les pommes. Je le jetai sur mes épaules et, en suivant Ming Reye, nous nous rendîmes à l'hôpital le plus près. À la suite d'un examen sommaire, le médecin me dit qu'il souffrait d'un banal coup de foudre. Yo se réveilla sur ces entrefaites et nous pûmes repartir.

Nous expliquâmes à Ming Reye le but pacifique de notre mission et, avec notre accord, elle se joignit à nous en tant que troisième membre de notre duo. Elle connaissait très bien le Viêt-nan et elle avait des relations qui nous aideraient dans notre mission. Toutefois, il subsistait encore un problème. Chaque fois que mon compagnon devait parler à la charmante jeune femme, il se mettait à bégayer. Notre nouvelle associée, férue de médecine en tout genre, guérit Yo au moyen d'une technique orientale: le baiser.

Finies les pertes de temps, il ne restait que deux jours avant le jour J. Ming Reye convainquit le président de la compagnie de location de véhicules Tyldenk de nous prêter un camion dans lequel nous pourrions transporter les armes en passant inaperçus. Ce que nous fîmes. Malheureusement, nous n'obtînmes pas les résultats escomptés. Comme nous passions devant une patrouille de l'armée vietnamienne, qui occupait encore la ville, une voiture percuta soudainement le camion. Sous le choc, la porte arrière s'ouvrit, déchargeant du coup toutes les armes. La patrouille, alertée par le bruit, vit les armes dispersées sur le sol et s'apprêta à nous arrêter. Par bonheur, notre coéquipière portait des boucles d'oreilles contenant du gaz lacrymogène (un cadeau de Yo!). Elle les lança vers les soldats et nous eûmes le temps de récupérer le chargement et de déguerpir avant qu'ils ne finissent de se moucher.

Le soir venu, nous décidâmes de nous arrêter afin de nous reposer. Pour la première fois depuis que j'accomplissais des missions avec Yohan, il me demanda de loger à l'hôtel.

— Pourtant, nous qui sommes habitués de dormir à la belle étoile... dis-je à Yo.

Il insista. Je compris que la raison de cette requête avait les yeux bridés.

Vers cinq heures le lendemain matin, j'allai réveiller les tourtereaux.

— Vite, nous avons une dure journée devant nous.

Sur la route de Tiengtoé Beingg, tout se passa bien, mais arrivés là-bas, les choses se compliquèrent. Mes deux compagnons et moi-même dûmes traverser un barrage routier installé par l'armée vietnamienne. Comme nous ne voulions surtout pas que l'on découvre la nature de notre chargement, j'accélérai. Je fonçai sur la voiture roulant devant nous, et il s'ensuivit un spectaculaire carambolage. Yohan sortit la tête par la fenêtre et souffla une immense «balloune» avec sa gomme à mâcher. Cela eut pour effet de soulever le camion dans les airs, le dégageant ainsi des autres voitures qu'il survola jusqu'à ce que la voie soit libre. Ensuite, Yo n'eut qu'à dégonfler cette montgolfière improvisée et nous regagnâmes le plancher des vaches. Même si le camion était quelque peu endommagé, nous pûmes passer à notre guise au travers de tout le désordre causé par l'accident.

La fin de notre périple approchait, mais nous étions de nouveau poursuivis par l'armée adverse. Yohan, jamais à court de tours dans son sac, jeta sa gomme (la même que tantôt) sur l'asphalte, ce qui colla au sol les chars d'assaut et nous permit de gagner les quartiers américains. Le chargement fut accueilli avec un grand soulagement par nos supérieurs.

Je repartis tout de suite pour le Québec, où je retrouvai ma tranquillité, du moins jusqu'à la prochaine fois. Pour sa part, Yo resta au Viêt-nan. Il avait été séduit par la beauté du pays ou, plutôt, par la beauté d'une paysanne.

ENCORE À SUIVRE...

Mitsung, ma fidèle jument... la première chose que j'ai faite en rentrant, c'est d'aller te chercher. Tu avais l'air bien. Je t'ai ramenée à la maison et nous sommes partis pour une longue promenade dans la forêt. Cette fois, je t'ai raconté toute l'aventure. Par moments, je croyais que tu doutais de mon récit. Tu me regardais avec des yeux quelque peu sceptiques. Pensais-tu que j'exagérais?

Un beau jour, lors d'une paisible balade, nous avons rencontré le facteur. Il me tendit une lettre en provenance du Viêt-nan. Après l'avoir lue, je t'ai annoncé:

— Mitsung! Yohan et Ming Reye vont se marier. On va les rejoindre.

Eh oui! C'était ton premier voyage à Tiengtoé Beingg. Rappelle-toi tous les problèmes auxquels nous avons dû faire face pour que tu puisses prendre place sur le siège à côté de moi dans l'avion. Finalement, ce fut un beau mariage. Un peu parce que, pour les emmener à l'église, je conduisais la calèche que tu tirais...

Yohan me raconta qu'à la fin de la guerre entre les Vietnam et le Viêt-nan, comme nos missions pour le compte de l'armée américaine visaient à rétablir la paix et que nous étions réputés pour nos talents de super-zéros, il avait été engagé par les Services secrets vietnaniens. Il m'a aussi avoué que d'avoir épousé une femme du pays ne lui avait pas nui.

On a bien ri tous les quatre, mais il nous a fallu retourner au Québec. Puis, il s'est passé plus d'un an avant que je revoie Yohan et Ming Reye. On s'écrivait, on se téléphonait, mais malheureusement, on ne pouvait faire plus... Finale-

ment, quand je me suis décidé à leur rendre visite, il en a résulté une autre aventure des ZÉROS DU VIÊT-NAN...

○

Presque deux ans déjà s'étaient écoulés depuis le mariage de Yohan et Ming Reye. Moi, je me prélassais sur ma chaise longue, tout en pensant à mes aventures et à mes deux copains restés au Viêt-nan. Ils me manquaient. Ma tranquillité commençait à me peser. Je décidai donc de leur payer une petite visite.

Pour la première fois, je dus défrayer le coût de mon billet d'avion. Je partis quelques jours plus tard en espérant qu'ils fussent chez eux. Arrivé à Tiengtoé Beingg, je me rendis à leur domicile et frappai à leur porte: aucune réponse. Étant donné que ce n'était pas verrouillé, je pénétrai dans la luxueuse demeure. À l'intérieur, tout était sens dessus dessous: des objets brisés, des fenêtres fracassées. De toute évidence, il y avait eu bagarre. Je me mis aussitôt à chercher des indices. Je vis des photos qui traînaient sur le plancher. Je me penchai, les ramassai. Elles avaient été prises lors de leur mariage. Sur l'une d'elles, un homme avait la tête coupée. J'en déduisis que c'était Yohan. La photographie portait au verso une inscription à moitié effacée. Ça se lisait comme suit:

Si vous ne voulez pas que ça vous arrive, cessez toutes recherches.

Recherches! Quelles recherches? Qui avait écrit ça? Pourquoi? Toutes ces questions restaient sans réponse. Par contre, trois conclusions s'imposaient: on désirait cacher quelque chose; quelqu'un voulait du mal à mes amis; je devais les retrouver.

Je commençai mon enquête en interrogeant les voisins. Après maintes tentatives infructueuses, je trouvai enfin un jeune homme qui semblait savoir quelque chose. Je lui demandai (en vietnanien, bien sûr) s'il connaissait bien le couple. Il m'apprit que depuis sept mois, à raison d'une fois par semaine, il travaillait à leur demeure en tant que jardinier. Sentant que ce jeune Vietnanien pouvait me révéler des informations utiles pour retrouver mes deux compères, je l'incitai à m'en dire davantage sur Yohan et Ming Reye. Il s'exécuta aimablement:

— M. Yohan s'en va tous les matins de très bonne heure. Je crois qu'il travaille pour les Services secrets. Lui et madame sa femme partent en voyage fréquemment. Ah oui, j'oubliais! Souvent je l'entends parler de gangsters japonais.

Après l'avoir remercié, je partis voir une amie qui avait déjà collaboré avec nous. Maintenant, elle travaillait dans l'espionnage. Je me rendis à son bureau, où elle m'accueillit à bras ouverts. Je n'y peux rien, mais j'ai un charme fou. Après une accolade prolongée, je lui tendis la photo:

— Qu'en penses-tu, Moéi-Thu?

— Bien, je ne sais pas trop, à moins que...

Tout à coup, la fenêtre située à ma droite se fracassa. Une pierre enroulée dans un bout de papier vint atterrir à mes pieds. Je lus aussitôt le message:

Continue et il t'arrivera la même chose qu'à tes amis. Gare à toi!

On voulait m'empêcher de retrouver mes copains. Jamais! En lisant le papier en question, Moéi-Thu me fit remarquer le signe identique à celui derrière la photo. De plus, elle reprit d'une voix tremblante d'effroi:

— C'est la signature de la plus connue des bandes de gangsters japonais. Celle qu'on nomme «Ytara Shlebra».

N'ayant pas encore pensé à avoir peur, j'appelai à l'aéroport de Tiengtoé Beingg pour noliser un avion en direction de Béhkommo, ville importante du pays du Soleil-Levant. Environ une heure plus tard, mon pilote me montra l'avion. En voyant cet appareil qui devait dater de la guerre, celle de 1914-1918 bien sûr, je me dis que je ne pourrais probablement pas me rendre là-bas. Alors, je me cherchai un autre moyen de transport.

Un hélicoptère! Je ne savais pas le piloter, mais peu importe. J'échappai à l'attention du pilote et montai dans l'hélicoptère. La machine ne résista que quelques instants à un génie comme moi. Je m'envolai. Rapidement, je me familiarisai avec le contrôle de cet appareil. Seulement, il y avait un bouton qui m'intriguait. Je pesai dessus... C'était le siège éjectable.

— Aaaaaaaaah!!!

J'étais convaincu que je vivais mes derniers instants. J'allais tomber dans la mer de Chine et me noyer. Heureusement, j'avais pensé à apporter mes Swim Aid. Quelques mètres plus bas, je distinguai un bateau. Je tombai juste à côté. L'affable capitaine du navire, m'ayant vu plonger, accepta de m'embarquer à son bord. Nous commençâmes les présentations d'usage:

— Bonjour, je suis le capitaine Soushi Ôthon. Je viens du Japon et je vais à Taïwan.

— Enchanté, moi c'est Simon Foster, Zéro du Viêt-nan à la retraite.

— N'êtes-vous pas l'un des membres du célèbre duo qui contribua au rétablissement de la paix, en 1975?

— Oui, c'est moi, lui répondis-je fièrement. Pourquoi, vous voulez un autographe?

— Pas vraiment. Ligotez-le et mettez-le avec les autres! dit-il à ses hommes.

En deux temps, quatre mouvements, je me retrouvai à fond de cale en compagnie de… eh oui! mes deux compagnons que j'avais enfin rejoints. Tous les trois réunis, nous pouvions nous en sortir et, comme on dit en japonais: «I'mhadun battho, mé yorapa mapo!»

Ming Reye, qui, depuis deux jours, essayait de dresser les rats, finit par leur faire comprendre de ronger nos liens. Cet exploit réussi, j'embrassai les petits gruge-fromage pour les remercier. Maintenant que nous pouvions nous mouvoir à notre guise, il fallait élaborer un plan de sortie. Pendant que nous en discutions, nous entendîmes des pas venir dans notre direction. La porte s'ouvrit; nous eûmes juste le temps de reprendre notre position et de feindre d'être toujours ligotés. L'homme s'approcha et je fis signe à mes deux compères de le faire trébucher. Le pauvre type s'aplatit lourdement par terre et nous pûmes aisément le ligoter à son tour.

Yohan remarqua que notre détenu portait au bras un drôle de tatouage. Je reconnus la signature des deux lettres de menaces. L'hypothèse de Moéi-Thu semblait exacte. Nous avions affaire à de dangereux criminels. Tant pis pour eux! Les trois membres de notre duo étaient de nouveau regroupés. À l'attaque!

Je partis de mon côté pour créer une diversion tandis que Yo et Ming Reye se dirigeaient vers le pont. Dans l'escalier, je tirai en l'air trois coups de feu avec l'arme que j'avais subtilisée au détenu. Je fis exprès pour me faire voir et, rapidement, j'avais à mes trousses quatre gangsters. Grâce à une habileté digne de moi-même, je les semai. De leur côté, mes compagnons, ayant la voie libre, purent se rendre sur le pont. Là, ils préparèrent un canot de sauvetage pour qu'on puisse déguerpir au plus vite. J'accourus sur le pont et nous partîmes sur-le-champ. Bien sûr, nous n'allions pas laisser s'échapper ces malfaiteurs; nous appelâmes la police avec la montre-téléphone de Ming Reye: aucune réponse. Yo, étant donné que son père était policier, pensa que nous pouvions rejoindre des agents à l'un de leurs restaurants favoris: Ting Hortong.

Les policiers taïwanais ne tardèrent pas à se pointer, entre deux beignes. Nous assistâmes de loin à l'arrestation des gangsters. Yohan plaça son moteur hors-bord portatif derrière le canot. La mer était calme et nous nous endormîmes doucement. Environ une vingtaine d'heures plus tard, je me réveillai. Quelle ne fut pas ma stupéfaction en voyant que nous avions dérivé près des côtes du Viêt-nan. Je regardai dans l'embarcation, le moteur avait flanché et il ne restait que Yohan et moi. J'alertai mon copain, un peu affolé:

— Yo, Yo, réveille! Ming Reye a disparu!

— Quoi, Ming Reye? Où ça? Quand ça?

— Je ne sais pas, je viens de m'en apercevoir... Regarde, un morceau du tissu de son t-shirt sur le rebord. Elle a dû... tomber à l'eau...

— Noooooooooooon!

Immédiatement, nous fîmes marche arrière. Enfin, je fis marche arrière. Le moteur ne fonctionnant plus, je dus propulser le canot à la nage. Yohan se tenait debout, à l'affût du moindre signe de vie ou de mort. Malheureusement, nos recherches furent vaines et nous revînmes bredouilles au Viêt-nan. Nous ne pouvions nous résigner à l'idée qu'elle soit morte. Pour la retrouver, nous gagnâmes sans tarder l'aéroport le plus près, mais pas celui de Tiengtoé Beingg. Je n'avais pas d'argent pour rembourser l'hélicoptère précédemment bousillé!

Nous réussîmes à obtenir un petit avion de brousse à bord duquel nous pûmes survoler la mer de Chine à basse altitude. Après quatre jours à parcourir le trajet que nous avions emprunté en canot, nos chances devenaient de plus en plus minces de retrouver Ming Reye. Mais, à cause de sa détermination et surtout de son amour pour elle, Yohan ne pouvait se faire à l'idée que sa bien-aimée soit morte.

Le soir de notre cinquième journée d'infructueuses recherches, nous retournions au Viêt-nan lorsque l'hélice de l'engin se mit à faire des cabrioles: la panne sèche. Nous parvînmes fort heureusement à poser l'avion sur une petite île, appartenant probablement à l'archipel des Philippines.

L'atterrissage forcé ayant causé quelques dommages à notre avion, je dis à Yo:

— On n'a pas le temps de faire les réparations ce soir. Va chercher du bois pour faire un feu. Moi, je vais aller taquiner le poisson.

— Pas de problème! Je serai de retour d'ici une quinzaine de minutes.

Lorsque je sortis ma prise de l'eau, un chétif requin d'environ quatre mètres, mon copain arriva à toute allure.

— Simon, Simon, viens! J'ai trouvé un collier à la lisière de la forêt. C'est celui de Ming Reye. Je suis certain qu'elle est sur l'île.

Mon requin sur l'épaule, nous partîmes dans la forêt composée essentiellement d'arbres fruitiers et de cannes à sucre. La fatigue commençant à nous gagner, nous nous arrêtâmes donc pour nous reposer et nous restaurer un peu. Sans le vouloir, nous nous endormîmes dans l'herbe. Un rugissement me réveilla. Je crus d'abord que l'estomac de Yohan digérait mal mon petit poisson. J'ouvris l'œil. Dans le noir, je distinguais des yeux jaunes. Je réveillai aussitôt mon compère:

— Yo, debout! Il y a des bêtes dans la forêt.

Il vit les animaux qui s'approchaient dangereusement.

— Des léopards!

Ne voulant pas finir en pâtée pour chats, il sortit de sa poche des pelotes de laine. Cela amusa les gros minets pendant un certain temps, mais, rapidement, ils s'en lassèrent. Les félins tachetés nous encerclaient et nous menaçaient de plus en plus.

Heureusement pour nous, une autre bête se pointa en poussant un rugissement qui les fit reculer puis détaler. S'avançant vers nous, la bête dominante se montra. Stupéfaits, nous reconnûmes Ming Reye. Une embrassade s'ensuivit entre les deux tourtereaux. Après quoi, elle nous raconta comment elle avait abouti ici.

— Je dormais, dit-elle, quand une vague frappa le canot et me projeta à la mer. Tout de suite à l'eau, je me réveillai, mais l'embarcation était déjà trop loin. J'aperçus un dauphin et, comme je me fais facilement comprendre des animaux, je lui demandai de me conduire sur la terre ferme. C'est ainsi que je suis arrivée ici, il y a cinq jours. Je suis devenue l'amie des léopards et vous connaissez la suite.

Le lendemain matin, nous réparâmes l'avion et nous retournâmes chez eux. Je racontai alors à mes compagnons que j'étais venu leur rendre visite parce que je m'ennuyais. Je leur décrivis aussi toutes les dé-

marches que j'avais entreprises pour finalement me retrouver par hasard avec eux sur
le bateau des gangsters japonais.

Je restai quelques jours à Tiengtoé
Beingg et je les invitai ensuite à passer leurs
vacances à ma demeure de Ragueneau au
Québec. Nous arrivâmes dans la neige et le
froid, mais ça ne nous dérangeait pas, car
nous étions tous les trois sains et saufs, et
surtout ensemble.

TOUJOURS À SUIVRE...

Mitsung, ma fidèle jument... te rappelles-tu cet hiver-là, lorsque nous sommes débarqués, Ming Reye, Yohan et moi, à ma ferme de Ragueneau? Nous avions été assez ébranlés lors de notre dernière aventure. Nous avions tous besoin de repos.

Quand quelqu'un proposait de faire un tour en traîneau, et qu'on allait t'atteler, jamais tu ne t'en fatiguais. Tu avais fière allure sur la route couverte de neige!

Tu faisais sonner les grelots qu'on t'avait mis. On s'est bien amusés. Malheureusement, Yohan et Ming Reye ont dû retourner au Viêt-nan. Yo ne pouvait quitter très longtemps son emploi dans les Services secrets vietnaniens.

*Les mois ont passé, une année entière aussi, sans aventure. Dans les médias, on parlait souvent de drogue. Un jour, après plus d'un an et demi à chômer, j'ai reçu une lettre en provenance du Viêt-nan. Enfin, une autre mission pour les **ZÉROS DU VIÊT-NAN...***

○

L'aube des années 1980 pointait à l'horizon et, au Viêt-nan, la situation ne s'améliorait pas. En effet, après la guerre, c'était la drogue qui faisait rage. Moi, de mon côté, je menais une vie tranquille, trop tranquille à mon goût, dans ma résidence de Ragueneau. Un jour du mois de juin, je reçus cette lettre:

Tiengtoé Beingg, le 18 juin 1979

Monsieur Simon Foster,

Je voudrais vous rencontrer pour vous confier une mission que seuls vous et votre compère Yohan pouvez accomplir. Cette mission, si vous consentez à y participer, vous sera dévoilée ici-même. Présentez-vous à mon bureau lundi matin, neuf heures précises.

Je suis d'avance heureux de votre réponse.

Wyo Ming

*Wyo Ming, chef des
Services secrets vietnaniens*

Aussitôt, je rejoignis par téléphone mon copain au Viêt-nan. Mais, dans l'empressement, j'oubliai le décalage horaire.

— ... Allô...

— Yo, c'est Simon. Je te dérange?

— Non voyons, il est juste deux heures dix du matin. Penses-tu que je dormais?

— Bah! je m'excuse. Sais-tu qu'on a une nouvelle mission?

— Oui, quand arrives-tu?

— Le plus tôt possible. À lundi.

— C'est ça, **BONNE NUIT!**

Trois jours plus tard, je me retrouvai, avec Yohan, dans le bureau du chef des Services secrets vietnaniens. Celui-ci nous révéla que des soupçons pesaient sur le premier ministre. On le soupçonnait d'être à la tête d'un important groupe de narcotrafiquants. Notre mission consistait à faire la preuve de son appartenance à ce groupe.

La première étape, avant de partir en quête d'indices, consistait bien entendu à s'informer sur le sujet. Yohan alla rencontrer une «héroïne» de la lutte anti-drogue: Mme Marie Juanna. Moi, je lus un livre intitulé *Coke en stock*, publié par une personnalité connue dans l'univers des narcotiques: Hergelé. Notre savoir s'avérait alors assez suffisant pour enfin amorcer l'enquête.

Yohan, qui commençait à bien connaître la ville, nous conduisit dans un quartier louche, sorte de ghetto, lieu de prédilection des dignes représentants de la gent narines-poudreuses. Pendant que nous avancions avec précaution dans une ruelle sinistre, parsemée d'individus gisant par terre ivres morts, des pas lourds se firent entendre derrière nous. Rapidement, nous nous retournâmes, mais ce ne fut que pour faciliter la tâche de nos poursuivants qui nous assommèrent et nous transportèrent on ne sut où qu'après notre réveil...

... dans un endroit obscur où seule une faible lueur éclairait la pièce. Aussitôt que j'eus les yeux ouverts, je réveillai Yohan qui dormait toujours, comme un bébé de deux cents livres, près du mur. Yo reprit ses esprits, avant de remarquer que sa montre indiquait deux heures du matin, le 23, soit plus de vingt-sept heures après notre capture. Une chose m'intrigua tout à coup: la lueur du soleil à deux heures du matin! Deux hypothèses se posaient à nous. Ou la montre de mon compagnon était détraquée, ou bien nous respirions l'air de l'antipode. Je vérifiai sur mon horloge grand-père portative ultraprécise. Elle indiquait la même heure. Nous en vînmes à la conclusion que nous avions fait un voyage transocéanique pendant notre sommeil.

Soudain Yo dit:

— Sens, Simon! Quelle est cette odeur? Du café, du café colombien, ajouta-t-il en véritable «caféologue».

Nous en déduisîmes que nous étions gardés captifs... en Colombie.

Sans qu'on eût le temps d'essayer d'en comprendre plus, la porte s'ouvrit dans un grincement insupportable. Un homme à la silhouette assez ventrue entra dans la pièce, suivi de ses deux gardes du corps. Il s'avança vers nous et dit en espagnol (ici, je vais traduire pour vous qui n'avez pas, comme moi, une facilité innée pour les langues):

— Vous avez voulu vous mêler de mes affaires, mais vous ne découvrirez jamais que c'est le premier ministre vietnanien Koca Hing qui finance et contrôle notre réseau. Car, après-demain à l'aube, vous serez exécutés.

Dans la même journée, au bureau des Services secrets, Wyo Ming recevait un télégramme en provenance de Colombie:

Muncho Droguèz, le 23 juin 1979

Monsieur Wyo Ming,

Yé serai bref. Stop. Vous avez fait l'error dé mettré sur nos pistas dé supposés souper-agents. Stop. Eh bien tant pis, ils sont morts. Stop.
Buenos dias *chez vous,*

Pablo Trafico,
lé plous grand
trafiquor dé drogue
dé toute el mundo.

Abasourdi par cette nouvelle, Wyo Ming demanda à Ming Reye de venir à son bureau. À son arrivée, il lui annonça, non sans tourner autour du pot, qu'il y avait eu quelques problèmes dans la mission de son mari. Ce dernier était présentement en Colombie, et ce, pour ne plus jamais en revenir.

— Je n'en crois pas un mot, répliqua Ming Reye, d'un ton sceptique.

— Désolé, c'est trop tard... répondit-il en lui tendant le télégramme.

— Je vais les retrouver coûte que coûte! Vous verrez!

Ming Reye se leva et sortit en claquant la porte derrière elle. Lorsqu'elle arriva à sa demeure, elle prit son maillot, ses palmes, son masque et son tuba, et se dirigea vers la mer.

Pendant ce temps, en Colombie, Yohan et moi grattions, à mains nues, les parois en vieilles briques de notre cellule. Au bout de quelques minutes, nous avions les ongles limés jusqu'aux coudes. Voyant que ça n'avançait pas très vite, je me rappelai que j'avais, intégrée à ma boucle de ceinture, une mini-perceuse sans fil. Mais, lorsque je voulus m'en servir, seul un vulgaire «bizz» en sortit: les piles étaient mortes, tout comme nous, d'ailleurs. Donc, il ne nous restait plus qu'à attendre patiemment notre exécution, ce qui bouleverserait totalement le monde entier.

À des milliers de kilomètres de là, au port de Tiengtoé Beingg, Ming Reye sauta à l'eau et se mit à nager en direction de la Colombie. En effet, elle s'était mise en tête de nous rejoindre là-bas. Elle était sûre que nous vivions toujours. Elle ignorait où exactement, mais elle se disait qu'elle allait nous retrouver. Elle devait effectuer une traversée d'environ 25 000 kilomètres en moins de trente-six heures, avant notre exécution (même si elle ne le savait pas encore). Une telle balade, à environ 700 km/h, n'était que de la petite bière pour elle, qui, aux Jeux olympiques de Munich en 1972, avait remporté toutes les compétitions de natation.

De notre côté, l'échéance se rapprochait et nous cherchions toujours un moyen de nous en sortir. Yohan, qui réfléchissait intensément (je dis intensément parce que je voyais la fumée lui sortir par les oreilles), s'adossa au mur. Une brique qui était légèrement surélevée se renfonça. Ceci déclencha un mécanisme qui fit apparaître une trappe

dans le plancher. Pas de lumière. Je m'enga-
geai donc le premier dans ce passage secret,
mais en descendant l'escalier étroit, je perdis
pied et tombai par terre quelques mètres plus
bas. Un peu ébranlé, je prévins Yo de faire
attention à la troisième marche. Libérés de
notre cellule, nous ne savions pas davantage
où nous nous trouvions. Mon copain prit son
stylo muni d'une lampe de poche et nous
avançâmes sur le seul chemin qui se présen-
tait à nous.

Le passage débouchait sur une sorte de
balcon intérieur au-dessus d'une pièce où une
dizaine de personnes discutaient en espagnol. Ils parlaient si rapidement que, même
moi, un expert en langues étrangères, je
parvenais à peine à les décoder. Au bout
d'une très somptueuse table en marbre, sié-
geait un homme fumant le cigare (cubain,
m'affirma Yo, qui, en plus d'être spécialiste
en café, était un «cigarologue»), qui s'expri-
mait avec un très fort accent asiatique. «Le
premier ministre Koca Hing?» dit interroga-
tivement Yohan. Nous n'en n'étions pas
certains, car, vu l'épaisse fumée de son cigare, nous ne pouvions distinguer entière-
ment son visage.

Toujours à quelques milliers de kilomètres de là, dans le Pacifique, entre deux îles

des Philippines, Ming Reye, qui nageait depuis déjà un bon moment, rencontra une vieille connaissance. Elle reconnut le dauphin qui l'avait ramenée sur la terre ferme lors de notre retour du Japon, près de deux ans auparavant. Notre coéquipière supplia son ami dauphin de lui servir de moyen de transport jusqu'en Colombie. Sans hésitation, il accepta et ils partirent à toute vitesse. Ming Reye, qui trouvait que ça n'allait pas assez vite, demanda un peu gênée:

— Pourrais-tu accélérer?

— Regarde derrière ma nageoire dorsale, il y a un bouton. Pèse dessus.

En effet, Ming Reye trouva un petit bouton rouge portant l'inscription: TURBO. Elle appuya dessus et le dauphin se mit à avancer tellement rapidement qu'il fendait les eaux. (Contrairement à ce que la plupart des gens pensent, sur un globe terrestre, la ligne au parallèle zéro n'est pas l'équateur, mais bien la trace laissée par le dauphin.) Ainsi elle se retrouva au pays de la «neige» éternelle. Elle remercia le dauphin qui repartit vers sa patrie.

Au travers de la fumée, nous espionnions toujours. J'étais très concentré lorsque j'entendis: «Tsss, tsss.»

— Chut! Yo, chuchotai-je.

— Mais je n'ai rien dit.

— Hein?

Je tournai donc tranquillement les yeux pour apercevoir un magnifique serpent à sonnette d'environ 1,5 m de long, enroulé autour d'une poutre au plafond, qui semblait avoir un œil sur les miens.

— Aaaaaaaaaaah!

Yohan, étonné par mon cri, se retourna, vit le serpent et n'hésita pas une seconde. Il mordit le pauvre animal qui, apeuré, s'enfuit à toutes jambes.

Fâcheusement, mon exclamation de terreur ne tomba point dans l'oreille d'un sourd. En quelques instants, nous nous retrouvâmes assiégés par les dix «réunionnistes» qui nous observaient de façon plutôt austère. En un temps et pas beaucoup de mouvements, nous atterrîmes dans le fond d'une autre cellule, au même point qu'une dizaine de paragraphes auparavant.

Tandis que nous cherchions, encore une fois, un moyen de nous échapper, Ming Reye rencontra une paysanne colombienne sur la côte ouest. Elle lui demanda, avec un accent presque incompréhensible, si elle avait entendu parler de deux étrangers détenus par Pablo Trafico. La dame parut surprise. Elle empoigna brusquement Ming

Reye et l'emmena à l'intérieur d'une petite chaumière. Là, elle lui fit boire une mixture qui devait soi-disant la rafraîchir. Le seul rafraîchissement qui en résulta pour Ming Reye fut de se retrouver mi-consciente dans le fond d'une cellule.

— Simon, tu ne sens rien?
— Non, pourquoi?
— C'est le parfum de Ming Reye!

Le nez de Yohan ne le trompait jamais. Ming Reye gisait effectivement dans une pièce adjacente à la nôtre. Yohan l'appela à grands cris. Elle se leva et s'approcha de la porte qui les séparait. Il glissa en dessous la moitié d'un médaillon qui, une fois unie avec celle de Ming Reye, pouvait agir comme de la dynamite, mais avec les avantages de ne pas faire de bruit et d'être réutilisable. Ming Reye assembla le médaillon et nous dit de nous écarter. Par le seul pouvoir de la pensée, elle fit exploser la porte. Ensemble, nous pouvions maintenant nous en sortir en moins de six pages. Nous élaborâmes un plan qui consistait en ceci: Yohan gonflerait une «balloune» avec sa gomme, y insérerait le médaillon et laisserait monter le tout au plafond où il le ferait exploser. Nous escaladerions alors le mur pour sortir par l'ouverture et arriver à l'étage supérieur. Là, il ne nous resterait plus qu'à trouver la sortie. Grâce à mon sens de l'orientation extrêmement développé, cette dernière étape relèverait de la simplicité même. Mais tout ce stratagème ne servit à rien, car, lorsque nous voulûmes mettre à exécution ce génial plan d'évasion, quelqu'un entra dans la cellule de Ming Reye.

En apercevant la porte pulvérisée, une grande et séduisante Sud-Américaine se rua dans notre cellule. Elle se dirigea vers Ming Reye qui balbutiait en vietnanien:

— C'est elle qui m'a livrée à nos ravisseurs.

La femme, tout en fixant Ming Reye, lui parla en espagnol (que, naturellement, je vais traduire):

— Vous serez fusillée en même temps que votre mari et...

Elle se retourna, me regarda et continua d'un air contrarié:

— ... et lui.

C'est alors que je la reconnus: Claudia Shifferèz. Elle était belle comme un mannequin. Je me rappelai soudain que lorsque je vins parfaire mon espagnol en Colombie, plusieurs années auparavant, je l'avais sauvée de la noyade. Elle s'approcha de moi, et m'embrassa... Je perdis connaissance! Yohan et Ming Reye, sans vraiment comprendre, se mirent à rire, et Yo dit à sa belle:

— Ça me rappelle quelque chose!

Après quelques heures à nous expliquer, à nous excuser et à nous remettre de nos émotions, Claudia me raconta que Pablo Trafico exerçait sur elle un chantage auquel elle ne pouvait se soustraire. Yo lui proposa de s'enfuir avec nous. Tous ensemble, nous élaborâmes un nouveau plan qui nous permettrait de nous évader avant notre exécution prévue pour l'aube, dans une dizaine d'heures.

Claudia se rendit informer Pablo Trafico que les prisonniers réclamaient une dernière faveur avant de mourir. S'il était bon joueur, il la leur accorderait.

— De plus, ajouta-t-elle, je vais les accompagner dans leur dernière marche sous les étoiles.

— Permission accordée!

Aussitôt que Claudia nous eut annoncé la bonne nouvelle, nous sortîmes de la cellule et la suivîmes tout en feignant la captivité. En passant près de la grande table où étaient réunis les mêmes gens que la dernière fois, Yohan prit une photo d'eux avec la caméra ultra-perfectionnée, camouflée dans sa boucle de ceinture, question de rapporter une preuve de l'appartenance de Koca Hing à cette organisation. De plus, Ming Reye lança près de la table un minuscule microphone très puissant. Ainsi pourrions-nous capter et enregistrer leurs conversations d'aussi loin que le Viêt-nan.

Nous sortîmes du bâtiment que nous n'avions pas encore vu de l'extérieur. Nous reconnûmes un ancien temple inca dont nous avions, grâce à nos observations à l'intérieur, pu nous faire une idée plutôt réaliste. Yo en profita pour le photographier, mais pour son album de souvenirs cette fois-ci. Nous passâmes les barrières gardées tout en continuant de feindre la soumission à Claudia, avant de nous engager sur un petit chemin. Quand les gardes ne purent plus nous voir, nous nous mîmes à courir. Rapidement, nous arrivâmes au bord de l'océan Pacifique. Claudia nous entraîna vers un hélicoptère de Pablo Trafico, tout près. Nous embarquâmes à son bord, et ce, même si j'avais déjà eu une mauvaise expérience avec ce type d'appareil volant. (Je dois toujours de l'argent pour l'hélicoptère que j'ai bousillé.) Yohan, avec ses connaissances en mécanique, fit démarrer l'appareil, et j'en pris le contrôle. C'était reparti!

Quelques heures de vol, ajoutées aux émotions des derniers jours, m'avaient épuisé. Alors Yo prit la relève après que je lui eus donné des petits conseils. Je me retirai à l'arrière de l'engin où je m'endormis sur l'épaule de Claudia.

Je me réveillai lorsque j'entendis la voix de Yohan qui disait:

— Simon... Simon...

— Hein?

— En vol, ça va... mais les côtes du Viêt-nan sont en vue, comment on fait pour atterrir?

— Hum... Je n'en ai aucune idée, je n'ai jamais atterri moi-même.

Finalement, en me concentrant et surtout en espérant, j'aidai Yo et nous atterrîmes, sains et saufs, dans un champ. Celui de la vieille ferme que Ming Reye avait cédée à sa sœur.

Nous trouvâmes deux chevaux attelés à une calèche. Je fis asseoir mes compagnons à l'intérieur et je nous conduisis jusqu'au bureau des Services secrets vietnaniens. La calèche me rappelait Mitsung.

Parvenus à l'édifice, nous nous rendîmes directement au bureau de Wyo Ming et nous lui racontâmes toute l'histoire. Il fut d'abord surpris de nous voir vivants. Mais, avec les photos, les enregistrements et le témoignage de Claudia, il fut doublement étonné.

Le jour même, le premier ministre Koca Hing fut destitué de ses fonctions. Des élections furent annoncées dans tout le Viêt-nan. Tous ensemble, nous réglâmes quelques menus détails (même les agents secrets doivent remplir de la paperasse), puis Yohan et Ming Reye se reposèrent chez eux dans l'attente de nouvelles aventures.

Moi, après avoir acheté deux billets d'avion, je retournai à ma résidence de Ragueneau, en y ramenant un souvenir de voyage... une certaine Claudia Shifferèz.

UNE FOIS DE PLUS, À SUIVRE...

Mitsung, ma fidèle jument... te sou-
viens-tu quand je suis revenu à Ragueneau
avec Claudia Shifferèz? Je ne t'avais pas
prévenue et on peut dire que ce fut un
choc. J'avais presque l'impression que tu
me boudais, au début du moins, les rares
fois où je m'occupais de toi.

Pendant mon séjour à la maison, on a
un peu parlé de ma dernière mission,
mais je te parlais surtout de Claudia. Tu
m'écoutais; moi, je rêvais. Tu m'écoutais,

même si je t'avais raconté dix fois la même histoire. Tu m'écoutais sans jamais paraître t'en fatiguer. Aujourd'hui, tu peux me le dire franchement: est-ce que ça t'ennuyait d'entendre ce que je racontais à son propos? Mais, sans vraiment en avoir le choix, tu as appris à la connaître.

Quelques jours se sont écoulés avant que je ne reçoive un coup de téléphone qui m'a remis les pieds sur terre. C'était tout ce qu'il me fallait pour entreprendre une autre mission des **ZÉROS DU VIÊT-NAN...**

○

Quelques jours à Ragueneau me suffirent amplement pour faire connaître les joies de la capitale québécoise à Claudia. En effet, après une semaine, nous commencions à en avoir marre de notre tranquillité. De plus, nous étions anxieux de savoir comment se déroulait la campagne de Ming Reye pour accéder au plus haut poste du pays. Devenir première ministre du Viêt-nan, c'était son rêve. Un bon matin, alors que Claudia et moi, nous nous baignions dans le fleuve, je reçus un appel sur mon téléphone cellul'eau:

— À l'eau!

— Simon, c'est Yo. On a des problèmes ici. Ming Reye reçoit des lettres de menaces. On a besoin d'aide.

— Vous voulez qu'on vienne?

— Oui, le plus vite possible, s'il te plaît.

— Pas de problème, on arrive bientôt.

Je rendis compte de la situation à Claudia. Elle me suggéra aussitôt de partir pour Tiengtoé Beingg. Elle n'était peut-être pas avec nous depuis longtemps, mais elle partageait la même vision de l'amitié que nous. Quand tes amis ont des problèmes, dépêche-toi de les aider! Nous nous envolâmes donc, le lendemain, en direction du Viêt-nan. Mais nous dûmes voyager de nuit dans un avion minable transportant une cargaison de poutine en conserve qui allait être commercialisée en Asie sous le nom de Pouting.

Le vol se passa bien pour moi, mais pour ma bien-aimée, ce ne fut pas de tout repos. La poutine, faut-il l'avouer, n'est pas ce qu'il y a de plus ragoûtant pour une non-Québécoise. Donc, durant tout le voyage, elle fit l'aller-retour entre notre «siège» et celui des toilettes.

Étant partis de nuit, après un vol de quatorze heures, sans compter le décalage d'une douzaine d'heures, nous arrivâmes aussi de nuit. À l'aéroport, Yohan nous at-

tendait, les traits tirés. Ensemble, nous montâmes dans sa voiture.

— C'est l'enfer, dit-il. Ming Reye... Ming
Reye...

— Quoi? Qu'est-ce qu'elle a, Ming
Reye? interrogea Claudia.

— Elle... elle s'est fait enlever... cracha
mon compère avant de fondre en larmes.

Rapidement, nous parvînmes à sa demeure. Avec difficulté, il nous raconta
qu'après nous avoir appelés (soit l'avant-
veille), il se rendit au magasin afin d'acheter
une nouvelle paire de cisailles pour l'anni-
versaire de son jardinier (celui que j'avais
rencontré deux ans auparavant). Lorsqu'il
revint, il appela Ming Reye pour lui montrer
le cadeau, mais celle-ci ne répondit point. Il
entra dans la cuisine où, sur le comptoir, il
trouva le papier que voici:

Yohan,

*Si tu veux revoir ta douce moi-
tié en vie, tu ne dois pas essayer de
la retrouver. Si tu tiens à sa vie, et
aussi à la tienne, n'en parle surtout
pas à la police. On te donnera des
nouvelles bientôt.*

*Quelqu'un qui ne te veut pas
nécessairement du bien.*

Yohan qui, comme on le sait bien, est un «cigarologue» accompli, nous fit sentir le papier, avant de nous assurer qu'il s'agissait de l'odeur d'un cigare cubain, particulièrement rare au Viêt-nan.

— De plus, ajouta-t-il, c'est la marque que fume Séraph Hing.

— Séraph Hing? demandâmes en chœur Claudia et moi.

— Oui, c'est l'adversaire de Ming Reye aux élections, répondit-il en nous tendant sa photo. On dit de lui qu'il est un millionnaire usurier qui veut devenir premier ministre du pays pour venger son frère Koca Hing.

Yohan nous fit un bref résumé de la situation: Ming Reye a la faveur populaire, alors que Séraph Hing est détesté du peuple. Donc, si Ming Reye n'est plus là, il deviendra premier ministre par défaut.

— Hélas... oui.

Comme Yohan terminait son petit résumé, la sonnerie du téléphone retentit. Yo répondit, et une voix masquée lui ordonna d'un seul trait:

— Ce soir, rendez-vous derrière le restaurant MacDong du centre-ville, à cinq heures précises. Vous y recevrez de nouvelles instructions.

La personne raccrocha et Yo fit de même. Il nous communiqua les dernières informations. Le reste de la journée fut pénible pour nous tous. Ce qui ne nous empêcha pas d'élaborer un plan à mettre à exécution le soir même.

À l'heure et à l'endroit prévus, Yohan se tenait droit, anxieux, scrutant toutes les voitures, toutes les personnes qui passaient par là. Soudain, deux hommes l'aggripèrent par derrière et l'entraînèrent dans leur voiture. Claudia, qui se trouvait tout près, lança sur l'auto un émetteur magnétisé qui nous permettrait de les suivre et, ultérieurement, d'avoir une petite idée de l'endroit où Ming Reye était enfermée. Le véhicule partit à toute vitesse, avec Yohan à son bord.

Claudia et moi retournâmes chez Yohan pour suivre le signal de l'émetteur sur l'écran radar. Une dizaine de minutes plus tard, le signal s'immobilisa dans la forêt, près de la tribu d'indigènes qui avaient failli nous dévorer quelques années auparavant. Nous voulûmes nous y rendre, mais le choix du moyen de transport n'était pas évident. Aucun autobus n'y accédait et nous n'avions pas d'argent vietnanien pour un taxi. Donc, nous nous vîmes dans l'obligation d'emprunter le tracteur à pelouse de Yo. Claudia conduisait l'engin, et moi, je vidais dans le réservoir à essence un mélange de mon cru (que je traînais évidemment toujours sur moi), qui quintuplait la vitesse du tracteur, de trois à quinze km/h.

Grâce à notre bolide duquel sortaient des flammèches, une trentaine de minutes suffirent pour atteindre les abords du village en question. Nous éteignîmes le moteur et vidâmes la poche qui s'était remplie d'herbe. Claudia s'approcha de la palissade qui entourait le village et, regardant par une mince fente, me dit:

— Simon, viens voir, Séraph Hing donne une enveloppe à un indigène.

Intrigué, je m'approchai pour voir, en effet, l'homme de la photo fraterniser avec celui qui paraissait être le chef de la tribu.

Claudia, qui portait sur elle son épinglette appareil-photo, s'empressa d'immortaliser la scène. Mais, juste au moment où elle replaçait son gadget, des ombres sur le sol couvrirent les nôtres. Nous nous retournâmes pour faire connaissance avec deux indigènes qui ne semblaient pas apprécier notre présence près de chez eux. Ces monstres, à peine plus civilisés que des gorilles, nous chargèrent sur leurs épaules pour nous emmener à l'intérieur du village. Claudia empoigna vivement la sarbacane qui était accrochée à la ceinture de son agresseur et lui en assena un coup sur le dos. Le fragile primate s'écroula. Son comparse, surpris, se précipita sur ma Colombienne, mais il trébucha et sa tête heurta une souche. Je pus ainsi m'emparer de sa sarbacane.

J'aperçus alors Séraph Hing qui regagnait la route vers Tiengtoé Beingg. J'insérai un caillou dans la sarbacane et je visai une branche d'arbre. Grâce à mon souffle extraordinaire, le caillou coupa la branche qui tomba sur l'usurier et ses deux compères. Claudia me dit:

— Va t'occuper de Yohan et Ming Reye, moi je garderai ces trois-là tranquilles.

Je pénétrai sans faire de bruit à l'intérieur des palissades à la recherche de mes copains. Je m'approchai de la plus grande cabane, située au centre de la place. En entrant, je vis, adossés au mur du fond, Yohan et Ming Reye ligotés avec des lianes. Je commençais à les détacher avec mon canif lorsque je fus interrompu par le chef que j'avais vu plus tôt. Il me pointa un couteau sous la gorge tout en me chatouillant le nez avec les plumes de son panache. Yo tenta de le prévenir:

— Souvenez-vous de notre dernière visite. Faites attention, Simon a encore envie d'éternuer.

Effectivement, sans pouvoir me contenir, j'expulsai un «Atchoum!» et, comme la fois d'avant, notre adversaire se retrouva hors de combat.

Nous rejoignîmes rapidement Claudia qui enregistrait les aveux de Séraph Hing avec son magnétophone intégré à son pendentif. Intriguée, Ming Reye demanda:

— Comment as-tu réussi à les faire parler?

— Très simple, le don de l'hypnose se transmet de mère en fille dans ma famille. Alors, je les ai hypnotisés et, depuis deux ou trois minutes, ils me racontent plein de belles histoires.

Je pris mon cellulaire et j'appelai la police. En attendant les officiers, nous écoutâmes les enregistrements de Claudia. Il y avait là de quoi obliger Séraph Hing à se retirer de la campagne électorale. Quelques minutes plus tard, les gyrophares bleus et rouges apparurent à l'orée du bois. Yohan expliqua sommairement le tout aux policiers qui embarquèrent les trois complices dans leur voiture pour les emmener au poste.

Nous étions enfin réunis, mais nous n'avions qu'un tracteur à pelouse pour nous transporter tous les quatre. Yohan, jamais à court d'idées, sortit de sa poche deux câbles pour le ski nautique. Nous les attachâmes par un bout au tracteur et, par l'autre, à nos ceintures. Encore un problème subsistait: impossible de nous traîner directement sur la semelle de nos souliers. Cette fois, c'est Claudia qui solutionna le problème. Elle nous donna ses rouleaux à cheveux pour transformer nos souliers en patins à roulettes.

Cette initiative, bien que précaire, fonctionna à merveille. Nous pûmes ainsi arriver au poste presque en même temps que Séraph Hing et ses acolytes. Déjà prévenu, Kam Ping, le président du comité des élections, reçut notre déposition et les enregistrements de Claudia. Puis, il s'en alla discuter avec le chef de police, le chef des Services secrets et les autres membres du comité. Le lendemain, partout dans les journaux, à la radio et à la télévision, on ne parlait que de Séraph Hing. En plus d'être forcé de se retirer des élections, il se voyait banni à vie du Viêt-nan.

Après cette nouvelle, plus ou moins surprenante, nous nous demandions ce qui adviendrait des élections. C'est alors que le téléphone retentit chez Yohan:

— Mme Ming Reye, s'il vous plaît.

— C'est moi...

— Madame, je désirerais vous rencontrer.

— De la part de qui, je vous prie?

— Kam Ping.

Aussitôt Ming Reye se rendit le voir, impatiente de savoir ce qu'il avait à lui apprendre.

Plus d'une heure après son départ, nous regardions la télévision quand l'émission fut interrompue pour un bulletin spécial:

— Mesdames et messieurs, nous nous transportons à l'instant au Parlement.

Nous fûmes agréablement surpris de voir Ming Reye, aux côtés de Kam Ping qui annonça:

— Voici, élue par défaut mais avec l'appui du peuple, votre nouvelle première ministre: Mme Ming Reye.

Eh oui! Son rêve se réalisait enfin. La difficile campagne, remplie de tricheries de la part de son adversaire, se solda en une victoire par défaut. Mais une victoire bien méritée. Yohan, Claudia et moi, nous nous dépêchâmes d'aller à sa rencontre. Quand elle nous vit, elle éclata en sanglots... de joie, bien sûr.

Quelques jours de vacances avant de refaire une apparition en public, et Ming Reye se sentit fraîche et dispose pour entreprendre son mandat. Avec l'accord des membres de son cabinet, elle nous nomma, Yohan, Claudia et moi, conseillers spéciaux de la première ministre, et ce, évidemment, à titre honorifique.

POUR LA DERNIÈRE FOIS, À SUIVRE...

Mitsung, ma fidèle jument... tu te souviens sûrement de ce que je te disais après notre retour: je trouvais Claudia bizarre. Je croyais qu'elle me cachait quelque chose. J'allais jusqu'à soupçonner la présence d'un autre homme dans sa vie. Mais tu me réconfortais en proposant qu'elle devait être fatiguée. Quand j'y repense, il me semble que tu avais un petit sourire en coin lorsque tu me répondais *cela. Savais-tu ce que Claudia voulait me dire? Peu importe!*

Après une semaine complète dans le doute, Claudia me demanda:

— *Simon, voudrais-tu...*

— *Quoi? Qu'est-ce qu'il y a? Tu ne veux tout de même pas me quitter.*

— *Non. Je te demande ta...*

— *Ma quoi?*

— *Simon... veux-tu m'épouser?*

— *...*

Pour la deuxième fois depuis qu'on s'était retrouvés, elle me fit tomber dans les pommes.

Eh oui! J'allais me marier! Comme nous étions heureux! Les préparatifs allaient bon train: inviter les parents, la famille et, évidemment, nos amis. Le plus dur, je crois, était de convaincre le curé de te laisser entrer dans l'église. Après tout, tu fais presque partie de la famille. Yohan et Ming Reye sont restés à Ragueneau la semaine suivant notre mariage, mais ils devaient reprendre leur travail respectif au plus tôt. Être première ministre s'avérait une lourde tâche.

Ensuite, nous sommes partis en voyage de noces. Quoi de mieux qu'une randonnée d'une semaine à cheval dans la forêt! Nous étions deux pour une seule

monture. *Je t'ai demandé si cela te dérangeait de nous porter tous les deux. Naturellement, avec ta gentillesse exemplaire,
tu as accepté. Quelle semaine! Mais
après, tu étais exténuée.*

*Les journées s'écoulaient paisible-
ment jusqu'au milieu du mois de novem-
bre 1980. Claudia s'est présentée à l'écurie où je te toilettais. Elle s'est avancée
vers nous et a dit:*

— *Simon, tu vas être... papa!*

— *...*

Là, encore, je me suis évanoui.

*Quelques instants après avoir repris
mes esprits, nous sommes retournés à la
maison quand le téléphone sonna:*

— *Allô...*

— *Simon, c'est Yo, j'ai une grande
nouvelle à t'annoncer.*

— *Moi aussi, lui répondis-je.*

— ***Je vais être père!*** *avons-nous
annoncé simultanément.*

*Toute une surprise! Nos deux femmes
étaient enceintes en même temps. Claudia
et moi avons alors décidé de nous rendre
au Viêt-nan voir nos copains. Nous avons
pris l'avion la semaine suivante.*

*Là-bas, des affiches de félicitations
pour la première ministre étaient placar-
dées partout sur les murs des édifices et*

sur les panneaux publicitaires. Nous sommes restés une dizaine de jours au Viêtnam. Puis, nous sommes revenus chez nous.

Quelque huit mois plus tard, je me retrouvais à l'hôpital, dans une salle d'accouchement où, après plusieurs efforts de Claudia, j'ai enfin entendu:

— Ouiiiiiin!

C'était un magnifique garçon (tout comme son père).

— Simon, regarde comme il est mignon... Simon... Simon?

Devine où j'étais? Eh oui, par terre! Une infirmière, à mes côtés, essayait de me réveiller. Finalement conscient, j'ai demandé à Claudia comment nous allions l'appeler. Elle m'a suggéré de suivre une tradition de chez elle, consistant à baptiser le fils aîné du nom de son père. Donc, nous l'avons nommé Simon Junior.

Quelques jours plus tard, j'ai reçu un coup de téléphone de Yohan m'annonçant que Ming Reye venait d'accoucher d'une petite fille. La belle Amé Ling, comme me l'a décrite Yohan.

Les mois ont passé, les années aussi. Les enfants avaient grandi et ils étaient maintenant âgés de trois ans et demi, *lorsqu'un jour je reçus par le courrier une lettre du Viêt-nan: une autre aventure des* **ZÉROS DU VIÊT-NAN...**

○

ZÉROS'revoir

Un bel après-midi de la fin janvier 1985, Junior, mon fils, me demanda de l'accompagner à l'écurie. Je fus très heureux de cette requête, car j'espérais qu'il hériterait de ma passion des chevaux. Chemin faisant, nous rencontrâmes le facteur. Il nous apportait une lettre sur laquelle apparaissait le logo du gouvernement vietnanien, et qui se lisait comme suit:

Tiengtoé Beingg, le 20 janvier 1985

Monsieur Simon Foster,

Nous serions extrêmement heureux que vous veniez assister à la cérémonie que le pays entier prépare aux quatre membres de votre duo. Cet événement a pour but de souligner les dix ans de la fin de la guerre et tous vos exploits en faveur du Viêt-nan. La fête débute le 5 février.

Vous trouverez ci-joint des billets pour toute votre famille, datés du 3. Vous serez accueillis à l'hôtel Sleep Ingg et toutes vos dépenses seront payées.

Nous avons hâte de vous rencontrer.

Ping Pong

Ping Pong, organisateur responsable de la fête pour les Zéros du Viêt-nan.

De retour de l'écurie, je montrai cette lettre à Claudia. Elle fut très contente, car cette cérémonie la concernait aussi. Nous nous envolâmes une semaine plus tard en direction du Viêt-nan. Quand je dis nous, je parle de Claudia, Junior, moi et... Mitsung.

À notre descente de l'avion, nous fûmes accueillis par Yohan, Ming Reye et Amé Ling. Ils avaient apporté la calèche de Ming Reye, pour atteler Mitsung. Yohan et sa fille, mon fils et moi, nous nous rendîmes à l'hôtel à la mode d'autrefois, tandis que les deux femmes y allèrent en voiture. Nous laissâmes ma jument ainsi que la calèche dans une écurie tout près et rentrâmes à l'hôtel, dans notre suite, en vue de préparer le discours que Yohan et moi devions prononcer lors de la cérémonie.

Les heures qui précédèrent la grande fête furent remplies de fébrilité. En plus des réceptions, nous participâmes à de multiples autres activités. Mais, enfin, arriva le moment que nous attendions tous avec impatience, celui qui motivait notre présence dans ce pays.

Pendant la grandiose mais ennuyante cérémonie, je fus réveillé par les hors-d'œuvre qui commençaient déjà à répandre leur délicieuse odeur. Heureusement, car au même instant, Kam Ping, Wyo Ming et Ming Reye montèrent sur l'estrade et nous honorèrent de longs discours où il y avait, naturellement, quelques éloges pour Claudia et la première ministre. Invités à notre tour à prononcer quelques mots, Yohan et moi, nous nous rendîmes à l'avant tout émus, passant au milieu d'une foule survoltée à l'idée de rendre hommage à ses Zéros. Nous marchâmes très sérieusement, tendant la main à plusieurs de nos fans, jusqu'à ce que Yo trouve le moyen de trébucher dans les fleurs du tapis rouge et d'étaler de tout son long son corps d'Adonis, au grand désarroi des gens. Mais, faut-il le répéter, Yohan, tout comme moi, était pourvu d'une quasi totale insensibilité à la douleur et l'on entendit un immense soupir de soulagement quand, avec mon aide, il se releva.

Nous prononçâmes un discours extrêmement émouvant qui fit pleurer l'auditoire. Quand nous eûmes fini de parler, le chef d'orchestre entama la *Symphonie fantastique* de Berlioz (l'une de mes pièces favorites). C'est alors que, de tous les cuivres, se dégagea une énorme quantité de gaz. Du gaz hilarant. Yohan et moi, du haut de l'estrade, regardions, impuissants, le public crouler de rire. Deux hommes pourvus de masques à gaz en profitèrent pour accomplir leur méfait. Ils passèrent devant Ming Reye et Claudia, enlevèrent nos deux enfants et s'enfuirent, morts de rire.

À peine le temps de prendre une profonde respiration, question de traverser les gaz, Yohan et moi étions déjà à la poursuite des kidnappeurs. Cinq minutes et trois coins de rue plus tard, Yo m'arrêta:

— C'est beau, Simon! Ils sont trop loin, cesse de courir. Et puis, tu peux recommencer à respirer.

Malgré une course rapide, nous n'avions pu rattraper les ravisseurs qui prenaient le large dans une voiture avec Junior et Amé Ling. Nous revînmes au lieu de la cérémonie où les invités reprenaient leurs esprits. Dès qu'elles nous aperçurent, Claudia et Ming Reye nous mitraillèrent de questions. Nous essayâmes de les rassurer (sans trop l'être nous-mêmes) en leur disant que nous avions relevé le numéro de la plaque d'immatriculation de la voiture.

Le numéro fut vérifié par l'ordinateur d'un agent de police qui, lui aussi, se rétablissait de son fou rire. Conclusion: voiture volée. Nous n'étions pas plus avancés. Nous retournâmes chez Yohan et Ming Reye où leur ligne téléphonique fut mise sous écoute électronique par la police qui, elle, poursuivait les recherches. Yohan tournait en rond dans le salon, tellement qu'après quelques heures le plancher céda et il tomba dans le sous-sol juste comme le téléphone sonnait. Ming Reye se précipita sur le combiné:

— Allô... Allô... Oui...

— ... Vous nous avez souvent mis des bâtons dans les roues. Maintenant, nous détenons vos enfants au pays des kangourous. Si vous voulez les revoir, venez nous porter un million de dollars américains. Rendez-vous à Canberra. À votre arrivée, vous recevrez de nouvelles instructions. Biiiiip...

— Alors, qui était-ce? demanda Claudia.

Ming Reye nous répéta mot à mot le message.

Le soir même, Yohan et moi, chargés d'un million de dollars en fausse monnaie, prîmes l'avion en direction de Canberra en Australie. Ming Reye, Claudia et Mitsung, elles, s'y rendirent à bord d'un autre appareil. Comme cela, s'il arrivait un quelconque problème à une équipe, l'autre serait sur place pour le régler. Quatre heures de vol et douze Gravol plus tard, nous sortîmes de l'aéroport australien en pleine nuit. Vu la foule trépidante, nous nous demandions comment nous allions reconnaître les personnes qui devaient nous donner de nouvelles instructions. Mais nous n'eûmes pas longtemps à attendre, car nous fûmes tirés par derrière et conduits dans une voiture. Nous nous retrouvâmes flanqués de deux gaillards, tandis que la voiture filait à l'extérieur de la ville à une vitesse folle.

On nous fit descendre devant une petite demeure, près d'un lac, où s'abreuvait un troupeau de kangourous. Nous entrâmes. Le conducteur de l'auto s'avança vers Yohan et moi. On ne pouvait distinguer son visage, caché par son chapeau à larges bords. Il ordonna d'un ton arrogant:

— Alors, cet argent, vous l'avez?

D'un ton encore plus arrogant, je lui rétorquai:

— Les enfants d'abord. Où sont les enfants?

— Séraph Hing, amène les gamins. Maintenant, l'argent!

Ayant retrouvé Junior et Amé Ling, je dis, confiant:

— Tiens! Prends ça, andouille!

C'est une réplique que j'avais entendue dans un film. Il prit la valise, l'ouvrit et en retira quelques paquets de billets. Tout à coup, il cria si furieusement que son chapeau tomba par terre:

— Vous me prenez pour un imbécile! C'est de la fausse monnaie.

Le reconnaissant, je balbutiai:

— ... Mm... Mm... Mais qu'est-ce qui te fait croire ça, Koca Hing?

— Je ne suis peut-être pas un expert, mais je sais que les quatre et les sept dollars américains n'existent pas.

— Ah!... Vraiment?

Pris, déjoués, une seule solution s'offrait à nous: la fuite! Yohan dit aux enfants de sortir pendant que nous allions régler le cas des quatre malfaiteurs. Yo dégaina son pistolet qui, malheureusement, ne contenait qu'une seule balle. Une balle, quatre personnes, nous avions peu de chance. Il leva la tête et aperçut le large lustre vers lequel il pointa son arme. Mais, Séraph Hing lui empoigna le bras et la balle partit dans une toute autre direction.

— Ha! ha! Manqué! se moqua Séraph Hing.

Pendant qu'il riait, la balle dévia contre la rampe de fer, rebondit sur le miroir de l'entrée, frappa, dans la cuisine, un couteau qui fendit l'air en direction du lustre dont il sectionna le fil. L'énorme pièce tomba alors sur nos ennemis qui s'écroulèrent mi-conscients sous son poids.

Rapidement, nous rejoignîmes les enfants et nous cherchâmes un moyen de transport. La voiture était stationnée dans la cour, mais nous n'avions pas les clefs et nos adversaires se pointeraient probablement très bientôt. Amé Ling tira sur la manche de mon chandail.

— Mononque, regarde les kangourous là-bas. J'aimerais ça, faire un tour de kangourou.

Bien sûr! Les grands marsupiaux! Je dis à tout le monde de me suivre. Nous nous faufilâmes au travers du troupeau et chacun s'enfouit dans la poche d'une bête. J'annonçai à Amé Ling:

— Le voilà ton tour.

Presque en même temps, dans la cour de la petite demeure, trois des quatre malfaiteurs se mirent à tirer des coups de feu en direction de la route. Apeurés, les kangourous s'enfuirent, nous dissimulant tout en nous transportant. Pendant notre fuite incognito, Yohan appela Ming Reye avec sa nouvelle montre émetteur-récepteur. Il lui expliqua approximativement notre position. Une vingtaine de minutes plus tard, elle nous rejoignit, accompagnée de Claudia sur le dos de Mitsung.

De nouveau ensemble, nous voyageâmes dans la noirceur, à cheval et en kangourou, vers Canberra, afin d'alerter les autorités australiennes et vietnaniennes. Au poste de police, après avoir raconté notre histoire, les agents allèrent arrêter les antagonistes indochinois. Yohan appela Wyo Ming, aux Services secrets vietnaniens, pour le rassurer et l'informer que nous revenions, sains et saufs, à bord du premier vol, le matin même. Comme nous partions vers l'aéroport, nous rencontrâmes les policiers ainsi que les quatre nouveaux prisonniers. En passant à côté de nous, Koca Hing nous lança:

— Restez toujours sur vos gardes. Moi, je suis pris, mais j'ai encore des amis en liberté. Eux non plus ne vous adorent pas. Je vous le répète, faites attention.

Sans trop nous en soucier, nous continuâmes notre chemin, impatients d'arriver en pays connu.

Le retour au Viêt-nan se fit sans encombre. Le lendemain, on recommença la cérémonie, qui avait tourné au désastre quelques jours plus tôt, mais, cette fois-ci, avec une sécurité accrue. J'avais d'ailleurs moi-même vérifié l'orchestre. La cérémonie, prise 2, tout aussi intéressante que la première, se déroula bien. Nous pûmes manger les hors-d'œuvre qui, faits depuis trop longtemps, me rappelaient cette mission au cours de laquelle Yohan et moi avions dû nous contenter de nos bottes de caoutchouc braisées sur un coulis de bave de tarentule: bref, délicieux. Mais cela, c'est une autre histoire. Mitsung, elle, se délecta d'un repas spécialement préparé pour elle: salade de luzerne, muffins au gruau d'avoine et pelouse fraîche, suivis d'un magnifique gâteau aux carottes.

Dès le surlendemain, nous prîmes tous l'avion qu'on nous avait nolisé aux frais du Viêt-nan; c'est pratique d'avoir des amis dans le gouvernement. J'avais effectivement invité nos amis à se reposer des événements des derniers jours à notre maison de Ragueneau. À notre arrivée, une limousine nous attendait. Je demandai au pilote si c'était prévu. Il me répondit qu'il n'en savait rien.

— Peu importe, dis-je, profitons-en.

Nous tous, même Mitsung, montâmes à l'intérieur. Claudia me fit remarquer le chauffeur. Il ressemblait à un Sud-Américain.

— Je n'aime pas sa tête, chuchota-t-elle, il me rappelle quelqu'un.

Soudain, la voiture dérapa avant de s'immobiliser. Le chauffeur sortit et vint nous prévenir qu'il devait changer un pneu crevé. Une affaire de quelques minutes. Yohan le suivit du regard. Le type sortit les outils, la roue de secours et renversa (accidentellement?) un bidon d'essence. Quand il s'alluma un cigare, Yohan cria:

— Vite! Sortez! C'est Pablo Trafico!

Sans qu'on ait eu le temps de faire quoi que ce soit, l'horrible bandit jeta son cigare sur la nappe d'essence et BOOUM! la voiture explosa.

Je me retrouvai projeté une dizaine de mètres plus loin. Pablo Trafico prit place à bord d'une seconde voiture qui l'attendait un peu en retrait. Je vis, près de moi, Ming Reye, Amé Ling et Junior qui pleuraient. Je me sentis soulagé qu'ils soient vivants. Ming Reye resta couchée avec les enfants et je me précipitai vers les autres qui gisaient sur le sol. J'approchai de Claudia et me penchai sur elle. Je tâtai son pouls et constatai qu'il faiblissait. Elle réussit, avec une visible douleur, à articuler:

— ... Simon... je... je t'aime...

— Moi aussi... je t'aime... lui répondis-je en la serrant contre moi.

Et son pouls s'éteignit. Les larmes à l'œil, je me retournai vers Yohan, prisonnier sous un tas de ferraille. Il se tint à mon bras. Je l'agrippai brusquement par son chandail déchiré et je sanglotai sur un ton tout aussi déchiré:

— Yo, lâche pas! Lâche-moi pas!

Il avait les yeux vitreux, son teint devint cireux. Il me balbutia:

— Simon... c'est fini!... À la prochaine...

Puis, totalement désemparé, je vis Mitsung couchée sur le côté, à moitié ensevelie par les débris. J'avançai difficilement vers elle et, de peine et de misère, je la dégageai. Elle haletait; moi aussi. Je posai ma tête sur son flanc. Dans son œil, je pouvais sentir la douleur et, pour la première fois, avec un sentiment d'impuissance, je pouvais voir... la mort. Elle prit une longue et profonde respiration. Je sentis ses muscles se contracter douloureusement et elle sortit un dernier, un long, un amer hennissement. Puis, plus rien...

« Noòoooooooooonnnnn...»

C'est FINI...

ÉPILOGUE

Mitsung, ma fidèle jument... c'est la dernière fois qu'on s'est vus. Koca Hing avait raison, il savait ce qu'il disait quand il nous a mis en garde. Je crois que je ne lui pardonnerai jamais, mais peut-être que, toi, tu l'as déjà fait?

Je ne sais pas si tu y as assisté, mais l'enterrement de Yohan et de Claudia était magnifique. Il y avait des tonnes de fleurs. Au début, tous pleuraient, puis on a commencé à se souvenir des bons moments. J'ai d'ailleurs toujours voulu que la mort soit célébrée dans la joie. Dans le fond, la mort n'est probablement qu'une étape de la vie. Comme Yo le disait:

— Pourquoi prendre la vie si sérieusement? Personne ne s'en est sorti vivant.

Au Viêt-nan, nous avons participé à des cérémonies religieuses, Ming Reye, les enfants et moi. C'est particulier là-bas; les gens, habillés en blanc, prient et font brûler du papier comme pour aider l'âme à monter au firmament. Aussi, nous avons dû pleurer, car plus une personne pleure, plus le mort était important pour elle. Cela aurait été mal vu de se dresser contre les croyances religieuses en prenant la mort de façon moins tragique trop rapidement.

Pour toi, j'ai planté une croix près de l'écurie. J'y ai écrit: **«Ci-gît "celle qui veille". Repose dans le bonheur pour toujours. Ton compagnon, Simon.»**

Des jours, des semaines, des mois ont passé. Ming Reye restait chez nous avec Amé Ling; elle a très mal pris la mort de Yohan. Même si elle s'efforçait de voir tout cela d'une façon positive, ce fut très difficile. Si difficile qu'elle a démissionné de son poste au Viêt-nan. C'est le vice-premier ministre qui lui a succédé et qui a remporté les élections.

Aujourd'hui, les enfants ont sept ans. Ça m'a pris tout ce temps avant de te dédier nos souvenirs. Je me suis acheté d'autres chevaux et j'en fais l'élevage. N'aie pas peur, je les aime beaucoup, mais aucun n'a pris ta place. De toute façon, ils auraient bien du chemin à faire avant de vivre tout ce que nous avons vécu ensemble. Les enfants montent deux poneys que j'ai achetés pour eux. Quand je dis les enfants, c'est que Ming Reye n'est jamais repartie, nous avons réorganisé la maison en duplex et nous vivons tous les quatre à Ragueneau.

Souvent, nous nous réunissons pour parler d'antan, quand on vivait sur des continents éloignés et que l'on se voyait seulement au cours des missions ou bien lors d'occasions vraiment spéciales. On raconte alors aux enfants ce dont ils ne se souviennent pas. Ce n'est pas que l'on vive dans le passé, bien au contraire, mais on ne peut pas, on ne veut pas oublier.

Finalement, je crois que c'est tout. N'oublie pas, si tu vois Claudia, dis-lui que je l'aimerai toujours. À Yohan, dis-lui de s'amuser. De toute manière, c'est ce qu'il faisait de son vivant. Pourquoi cesserait-il en étant mort? Toi, même si j'élève plusieurs autres chevaux maintenant, considère-toi toujours comme étant MA jument.

— Hé! Claudia, Yo, n'oubliez pas de nous surveiller. Les enfants, Ming Reye et moi, on pense à vous. Et comme tu as dit, Yo, avant de mourir: À la prochaine!

C'étaient mes mémoires, nos mémoires, pour toi, Mitsung: **LES ZÉROS DU VIÊT-NAN.**

SIMON

FOSTER

À dix-sept ans, mon premier livre, enfin! Car il y a près de trois ans que *Les Zéros du Viêt-nan* ont vu le jour dans un cours de français. Depuis trois ans, j'ai retravaillé, amélioré, corrigé, retouché, perfectionné ce qui est aujourd'hui un VRAI livre. Un gros merci à tous ceux qui y ont participé, en particulier Yohan avec qui j'avais écrit la première ébauche, et Mitsou, ma jument, ma confidente.

À vous, lecteur, j'ai une mission à vous confier:

En lisant *Les Zéros du Viêt-nan*, tentez de trouver, ne serait-ce qu'un minuscule détail qui soit invraisemblable. Si vous y parvenez, écrivez aux Services secrets vietnaniens, ils me feront parvenir votre trouvaille.

Collection Conquêtes
Directrice: Susanne Julien

1. **Aller retour,** de Yves Beauchesne et David Schinkel, prix Cécile-Rouleau de l'ACELF 1986, prix Alvine-Bélisle 1987
2. **La vie est une bande dessinée,** nouvelles de Denis Côté
3. **La cavernale,** de Marie-Andrée Warnant-Côté
4. **Un été sur le Richelieu,** de Robert Soulières
5. **L'anneau du Guépard,** nouvelles de Yves Beauchesne et David Schinkel
6. **Ciel d'Afrique et pattes de gazelle,** de Robert Soulières
7. **L'affaire Léandre et autres nouvelles policières,** de Denis Côté, Paul de Grosbois, Réjean Plamondon, Daniel Sernine et Robert Soulières
8. **Flash sur un destin,** de Marie-Andrée Clermont en collaboration avec un groupe d'élèves de l'école Antoine-Brossard
9. **Casse-tête chinois,** de Robert Soulières, Prix du Conseil des Arts 1985
10. **Châteaux de sable,** de Cécile Gagnon
11. **Jour blanc,** de Marie-Andrée Clermont et Frances Morgan
12. **Le visiteur du soir,** de Robert Soulières, prix Alvine-Bélisle 1981
13. **Des mots pour rêver,** anthologie de poètes des Écrits des Forges présentée par Louise Blouin
14. **Le don,** de Yves Beauchesne et David Schinkel, Prix du Gouverneur général 1987, Certificat d'honneur de l'Union internationale pour les livres pour la jeunesse (IBBY)
15. **Le secret de l'île Beausoleil,** de Daniel Marchildon, prix Cécile-Rouleau de l'ACELF 1989
16. **Laurence,** de Yves E. Arnau
17. **Gudrid, la voyageuse,** de Susanne Julien
18. **Zoé entre deux eaux,** de Claire Daignault
19. **Enfants de la Rébellion,** de Susanne Julien, prix Cécile-Rouleau de l'ACELF 1988

20. **Comme un lièvre pris au piège,** de Donald Alarie

21. **Merveilles au pays d'Alice,** de Clément Fontaine

22. **Les voiles de l'aventure,** de André Vandal

23. **Taxi en cavale,** de Louis Émond

24. **La bouteille vide,** de Daniel Laverdure

25. **La vie en roux de Rémi Rioux,** de Claire Daignault

26. **Ève Dupuis 16 ans et demi,** de Josiane Héroux

27. **Pelouses blues,** de Roger Poupart

28. **En détresse à New York,** de André Lebugle

29. **Drôle d'Halloween,** nouvelles de Clément Fontaine

30. **Du jambon d'hippopotame,** de Jean-François Somain

31. **Drames de cœur pour un 2 de pique,** de Nando Michaud

32. **Meurtre à distance,** de Susanne Julien

33. **Le cadeau,** de Daniel Laverdure

34. **Double vie,** de Claire Daignault

35. **Un si bel enfer,** de Louis Émond

36. **Je viens du futur,** nouvelles de Denis Côté

37. **Le souffle du poème,** une anthologie de poètes du Noroît présentée par Hélène Dorion

38. **Le secret le mieux gardé,** de Jean-François Somain

39. **Le cercle violet,** de Daniel Sernine, Prix du Conseil des Arts 1984

40. **Le 2 de pique met le paquet,** de Nando Michaud

41. **Le silence des maux,** de Marie-Andrée Clermont en collaboration avec un groupe d'élèves de 5e secondaire de l'école Antoine-Brossard, mention spéciale de l'Office des communications sociales 1995

42. **Un été western,** de Roger Poupart

43. **De Villon à Vigneault,** anthologie de poésie présentée par Louise Blouin

44. **La Guéguenille,** nouvelles de Louis Émond

45. **L'invité du hasard,** de Claire Daignault

46. **La cavernale, dix ans après,** de Marie-Andrée Warnant-Côté

47. **Le 2 de pique perd la carte,** de Nando Michaud

48. **Arianne, mère porteuse,** de Michel Lavoie

49. **La traversée de la nuit,** de Jean-François Somain

50. **Voyages dans l'ombre,** nouvelles de André Lebugle

51. **Trois séjours en sombres territoires,** nouvelles de Louis Émond

52. **L'Ankou ou l'ouvrier de la mort,** de Daniel Mativat

53. **Mon amie d'en France,** de Nando Michaud

54. **Tout commença par la mort d'un chat,** de Claire Daignault

55. **Les soirs de dérive,** de Michel Lavoie

56. **La Pénombre Jaune,** de Denis Côté

57. **Une voix troublante,** de Susanne Julien

58. **Treize pas vers l'inconnu,** nouvelles fantastiques de Stanley Péan

59. **Enfin libre!** de Éric Gagnon

60. **Le fantôme de ma mère,** de Margaret Buffie, traduit de l'anglais par Martine Gagnon

61. **Clair-de-lune,** de Michael Carroll, traduit de l'anglais par Michelle Tisseyre

62. **C'est promis! Inch'Allah!** de Jacques Plante

63. **Entre voisins,** collectif de nouvelles de l'AEQJ

64. **Les Zéros du Viêt-nan,** de Simon Foster

65. **Couleurs troubles,** de Lesley Choyce, traduit de l'anglais par Brigitte Fréger

66. **Le cri du grand corbeau,** de Louise-Michelle Sauriol

Collection des Deux solitudes, jeunesse
Directrice: Marie-Andrée Clermont

1. **Cher Bruce Springsteen** de Kevin Major traduit, par Marie-Andrée Clermont
2. **Loin du rivage** de Kevin Major, traduit par Michelle Tisseyre
3. **La fille à la mini-moto** de Claire Mackay, traduit par Michelle Tisseyre
4. **Café Paradiso** de Martha Brooks, traduit par Marie-Andrée Clermont
5. **Moi et Luc** de Audrey O'Hearn, traduit par Paule Daveluy
6. **Du temps au bout des doigts** de Kit Pearson, traduit par Hélène Filion
7. **Le fantôme de Val-Robert** de Beverley Spencer, traduit par Martine Gagnon
8. **Émilie de la Nouvelle Lune** de Lucy Maud Montgomery, traduit par Paule Daveluy (4 tomes), Certificat d'honneur IBBY pour la traduction
12. **Le ciel croule** de Kit Pearson, traduit par Michelle Robinson
13. **Le bagarreur** de Diana Wieler, traduit par Marie-Andrée Clermont
14. **Shan Da et la cité interdite** de William Bell, traduit par Paule Daveluy
15. **Je t'attends à Peggy's Cove** de Brian Doyle, traduit par Claude Aubry, Prix de traduction du Conseil des Arts 1983, Certificat d'honneur IBBY pour la traduction
16. **Les commandos de la télé** de Sonia Craddock, traduit par Cécile Gagnon
17. **La vie facile** de Brian Doyle, traduit par Michelle Robinson
18. **Comme un cheval sauvage** de Marilyn Halvorson, traduit par Paule Daveluy
19. **La mystérieuse Frances Rain** de Margaret Buffie, traduit par Martine Gagnon
20. **Solide comme Roc** de Paul Kropp traduit par Marie-Andrée Clermont

21. **Amour et petits poissons** de Frank O'Keeffe, traduit par Michelle Robinson

22. **La vie est un rodéo** de Marilyn Halvorson, traduit par Marie-Andrée Clermont

23. **Coup de théâtre sur la glace** de Frank O'Keeffe, traduit par Martine Gagnon

24. **Sans signature** de William Bell, traduit par Paule Daveluy

25. **Au clair de l'amour** de Kit Pearson, traduit par Marie-Andrée Clermont

26. **Le grand désert blanc** de James Houston, traduit par Martine Gagnon

27. **Journal d'un rebelle** de William Bell, traduit par Paule Daveluy

28. **Le chant de la lumière** de Kit Pearson, traduit par Marie-Andrée Clermont

29. **Une fin de semaine au Ritz** de Frank O'Keeffe, traduit par Michelle Tisseyre

EN GRAND FORMAT

La promesse de Luke Baldwin de Morley Callaghan, traduit par Michelle Tisseyre

La main de Robin Squires de Joan Clark, traduit par Claude Aubry

En montant à Low de Brian Doyle, traduit par Claude et Danielle Aubry

D'une race à part de Tony German, traduit par Maryse Côté

La passion de Blaine de Monica Hughes, traduit par Marie-Andrée Clermont

Écoute l'oiseau chantera de Jean Little, traduit par Paule Daveluy

Une ombre dans la baie de Janet Lunn, traduit par Paule Daveluy

Tiens bon! de Kevin Major, traduit par Michelle Robinson

La malédiction du tombeau viking de Farley Mowat, traduit par Maryse Côté

Jasmine de Jan Truss, traduit par Marie-Andrée Clermont, Certificat d'honneur IBBY pour la traduction